AF371233

LETTRE

DE M. P....

A M. Nivelle de la Chausse'e de l'Académie Française sur sa Gouvernante, où il est parlé par occasion de son nouveau goût comique & de ses Piéces de Théâtre.

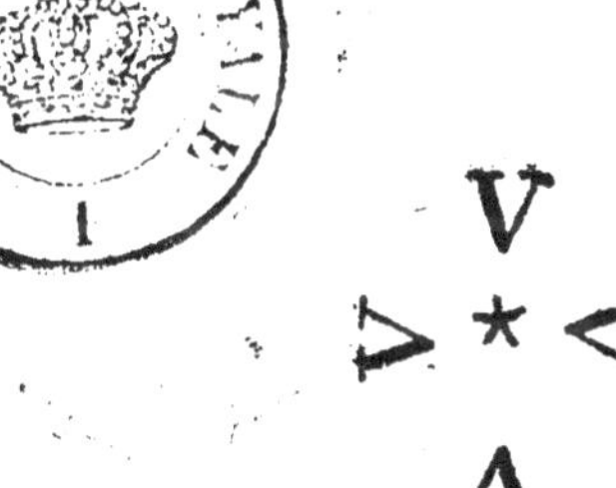

LETTRE DE M. P...

à M. Nivelle de la Chaussée de l'Académie Françaiſe ſur ſa Gouvernante, où il 'eſt parlé par occaſion de ſon nouveau goût comique & de ſes piéces de Téâtre.

De Paris 20 Février 1746.

Monsieur,

LES applaudiſſemens coutinuels que le Public n'a pû refuſer à votre piéce, vous apprennent encor tous les jours que le ſuccès a répondu à vos efforts : votre réputatiou déja établie par vos autres Ouvrages, ſemble fixée pour jamais ſur la ſcene. J'ai ſouvent été témoin au parterre des éloges tumultueux d'une multitude éclairée qui vous élevait aux dépens de Moliere & de Regnard, & qui vous couvrait par avance des Lauriers que la poſterité ſeule a droit de décerner aux Auteurs ; cela eſt bien avantageux pour vous, Monſieur, car vous ſçavés qu'il eſt rare qu'un Poëte jouiſſe pendant ſa vie d'une réputation tranquille : il eſt vrai que quelques Auteurs ont été les témoins de leurs propres triomphes, Montfleury, Bourſault & quelqu'autres que je pourrai citer, ont

triomphés long-tems fur leur théatre , tandis
que Moliere avoit peine à fe foutenir fur le fien,
mais la France défabufée après leur mort , rou-
git des éloges qu'un écart de bon fens leur avait
fait prodiguer , & ne reconnut le mérite du premier que lorfqu'elle fe vit obligée d'immortali-
fer fes cendres par fes regrets : on voit encor
que Crébillon & Voltaire jouiffent à peine de la
gloire que leur travaux leur ont acquife , vous
êtes donc le feul grand homme du fiécle qui fut
jamais à l'abri des reverts du fort : ce n'eft pas
que je veuille vous faire croire par-là , M. que
vous n'avés pas d'ennemis , je fçais qu'ils fui-
vent ordinairement le merite , & je ferais flat-
teur fi je voulais vous faire croire que tous les
fentimens font réunis fur la gloire que vous mé-
rités , vous fçavés vous même les critiques qu'on
a faites de votre Maximien , qui depuis long-
tems , je ne fçais pourquoi il ne paraît plus fur
le Théâtre , vous n'ignorés pas les ridicules que
que quelques gens d'efprit ont crûs trouver dans
votre Melanide ; *mais auffi* le parterre reten-
tit encor de vos éloges , c'eft un grand juge , &
fes acclamations bruiantes ont affez répon-
dues à vos ennemis , les genies du fiécle ne fe
font pas contentés de ces approbations paffage-
res , quelques-uns ont confacrés leur plume à
votre panégirique , & vous avez fans doute lû
la Lettre fçavante de Ricoboni le Comédien
fur votre Comédie de l'Ecole des Amis ; avec
de tels Partifans vous pouvez aifément vous
mettre au-deffus de l'envie & de la critique;
votre Gouvernante vous eu fournit de nou-

veaux moyens, comme tout le monde parlait avec tranfport de cette Piece je me fuis déterminé à la voir quoiqu'avec un peu de peine : une Piéce nouvelle n'annonce plus guére en France qu'une bagatelle fouvent infipide ; j'ignorais que vous fuffiez l'Auteur, les louanges qu'on lui prodiguait me paraiffoient fufpectes, vous fçavés que

Un fot trouve toujours un plus fot qui l'admire. *Boileau.*

Mais quand j'appris, M. que cette Piéce était de vous, mes doutes fe diffiperent, & fûr d'y trouver une inftruction fage & utile, je courus au fpectacle agréablement prévenu du plaifir que votre titre fembloit annoncer ; j'attendois le moment de la repréfentation avec impatience, quand un jeune écolier qui me parût verfé dans la Litterature, me demanda fi j'avais déja vû votre Piéce ; je lui dis que je n'avois pas encor eu cet honneur, il me parut furpris, quoi, dit-il, vous n'avez pas vû la Gouvernante, non lui dis je encor une fois, ah ! M. me répondit-il, vous n'avez rien vû ; c'eft le triomphe de la Scene Françaife, c'eft la premiere Piéce qui mérite le nom de Comédie, le plaifant y eft agréablement mêlé à l'utile, enfin c'eft l'Ecole des Auteurs. Quoi, lui di-je, M. tourne-t'on dans cette Comédie quelques Poëtes en ridicule pour donner des préceptes de l'art ? Point du tout, reprit-il, pouvés-vous penfer qu'un titre comme celui de la Gouvernante, annonce de pareilles bagatelles, non, non, défabufés-vous, c'eft aux Juges qu'on apprend feur

devoir dans cette Piéce, elle eſt faite pour por-
ter les Magiſtrats négligens à la reſtitution,
quand par une ignorance invincible ils ont fait
tort à leurs Parties, cela n'eſt-il pas plaiſant ?
Que de Juges choqués ; que cette Piéce va corriger les mœurs, & que la Juſtice a d'obligation à M. de la Chauſſée . . . Quoi, repris-je,
c'eſt là l'unique but de la Piéce, & vous trouvés
que le titre de la Gouvernante annonce plûtôt
le devoir des Juges que celui des Poëtes ; pour
moi, je crois qu'il n'annonce pas plus l'un que
l'autre, mais j'avais toujours crû que la Comédie était faite pour corriger les mœurs en gé-
néral, & par votre récit vous m'apprenez que
celle-ci ſe borne à prêcher la reſtitution aux
Juges ; M. me dit-il, d'un air embaraſſé, tous
cela eſt compris ſous ſon titre, je l'ai oui dire
hier aux foyers, d'ailleurs la toile ſe leve & vous
allez en juger.

Après ces diſcours je quittai ſans regret votre
Panégiriſte, & je tachai de m'avancer pour ne
rien perdre d'une Piéce dont on venait de me
donner une idée ſi plaiſante.

Je fus témoins, M. de vos ſuccès, les beaux
ſentimens de votre Comédie tirerent pluſieurs
fois les larmes de mes yeux, j'admirai les vertus de vos perſonnages, & je ne pus refuſer mes
pleurs aux diſgraces de votre aimable Gouvernante, & aux malheur de ſa fille : la grandeur
d'ame du Préſident, la généroſité de la Baronne,
le dénouement de la Piéce firent à peu près la
même impreſſions ſur mon eſprit, j'admirai l'art
avec lequel vous aviez ſçû mêler à tant de ſujets

férieux, l'amour malheureux de Sainville &
le rôle plaisant & comique de M. Poisson qui
me paraît si bien trouvé pour faire un vers, &
si bien placé pour amuser le public ; c'est là,
M. le grand secret de mêler le plaisant au *férieux* pour délasser les esprits fatigués d'une attention trop longue, ou d'une action trop uni-
forme, oh ! c'est aussi l'endroit où l'on rit dans
votre Piéce, & tout le monde a beaucoup van-
té cet art que vous avez puisé dans les préceptes d'Horace, aussi je crois déja voir

Votre Livre cheri du Ciel & des Lecteurs,
Tous les jours sur les quais entouré d'ache-
teurs. . . .   *Boileau*

C'est le fort que promet ce Poëte à ceux qui
comme vous sçavent passer agréablement du
plaisant à l'utile, pardonnez-moi M. cette petite
digression sur vos louanges, & quoique votre
modestie les souffre avec peine, permettez-moi
de louer encor ces vers pompeux où la pauvre
Juliette frappée des chagrins qui suivent l'a-
mour, lui donne tendrement le nom de vain-
queur tiranique ; la réflexion est bonne & digne
de Juliette, aussi l'air coquet de la soubrette
joint à l'agrément de ce trait d'esprit a fait rire
une seconde fois tout le parterre.

Passons, M., de vos louanges à quelques
idées qui me sont venues malgré moi pendant
la réprésentation de votre piéce, le meilleur
Ouvrage a ses défauts, notre nature bornée ne
nous permet pas d'atteindre à la perfection

Omne tulit punctum qui miscuit utile dulci. Hor. art. Poet.

où vous afpirés, fi dont j'ai crû trouver quelques imperfections dans votre Ouvrage, & fi n'ayant pas l'honneur de vous connaître, je les mets au jour pour vous les faire appercevoir vous ne devez point vous en formalifer, on a trouvé des défauts dans Plaute & Terence, on a changé le comique naturel de Moliere, & l'on cherche encore des raifons pour trouver du bouffon dans fon Mifantrope, vous ne devez donc pas être furpris qu'on puiffe faire une critique judicieufe de la Gouvernante, quand vous voyez que vos modeles mêmes ne font pas à l'abri de fes traits....

Ce ne font ici, M. que des objections préliminaires, on attend une édition exacte de votre Gouvernante, on ne l'annonce que pour la mi-Carême, fi l'impreffion me découvre des défauts que je n'ai point apperçu pendant la réprésentation, la même fincérité qui ne me permet pas de rien vous déguifer au fujet de votre Piéce, m'engagera fans doute à vous dire mon fentiment avec la même liberté fur vos vers, je n'en peus pas encore juger, vous fçavez que le recit naturel ou précipité d'un Déclamateur, ne permet pas de prêter l'oreille aux cadences harmonieufes qui forment un bon vers, fi cependant on peut juger de votre verfification par celle de Melanide, & par quelques vers profaïques que j'ai remarqués, je ne croi pas qu'on vous cédera auffi facilement le titre de Poëte, qu'on vous a cédé celui d'Auteur Comique; car, M., ne vous aveuglés point fur votre talent, par le fuffrage de quelques Partifans de la nouveauté, vous avez inventé, dit-on, un nouveau genre comique, je ne croi pas que vous le penfiez, comme ceux qui ofent vous donner d'auffi fades louanges, Moliere eft le premier qui ait mis fur la fcéne des perfonnages annoblis par les vertus & les fentimens, fon Mifantrope & fon Tartuffe en font des preuves inconteftables & je fuis perfuadé que vous ne voulez pas lui ravir une gloire, qu'il a mieux mérité, que vous; fi fouvent il s'eft amufé à peindre le ridicule dans fon ridicule même, * on ne peut point lui en faire un crime, au contraire, la Comédie doit corriger les mœurs en faifant. rire, peut-on arriver à ce but avec plus d'avantage, qu'en peignant le vice fous des couleurs qui le faffent méprifer, & peut-on infpirer du mépris pour le vice, fans le peindre fous les couleurs rifibles & bizares qui lui font propres. Ce n'eft pas affez M. (*permettez-moi encore cette digreffion*) de montrer la beauté de la vertu, comme vous le faites. Tous les jours dans vos perfonnages aufteres, il faut découvrir le ridicule des vices qui leur font oppofés, Moliere a peint les caractéres vertueux mieux que vous, mais vous n'avez pas réuffi, comme lui a tourner les paffions en ridicule. La Tragédie qui ne doit pas rire, doit fe borner à faire aimer dans fes beaux fentimens les vertus qui les produifent, mais la Comédie a toujours eu pour but de faire rire en corrigeant, vous acquittez vous de ce devoir dicté par la nature ? On peut dire de vos piéces

* *Caftigat ridendo mores.*

qu'elles perfectionnent les mœurs en faisant
pleurer, fuſſe jamais là le but de la Comédie. C'eſt cependant, M. l'écueil contre lequel
ſe briſent tous les efforts de ceux qui veulent
élever votre comique ſur les ruines de celui de
Moliere. Car enfin, M. il y a de la différence
entre la Tragédie & la Comédie, vous ne pouvez en diſconvenir, autrement vous ſeriez obli-
gez de déſavouer tous les maîtres de Poëtique,
Horace qui défend de traiter une Comédie en
vers ſerieux, ſçavait auſſi bien que vous les
regles de l'art, & en fait par ce ſeul vers.

Verſibus exponi tragicis res comica non vult... Hor. art.
  poet.

une différence notable. Cependant, M. dan^s
votre nouveau genre d'écrire, on ne peut plus
faire cette différence, ſi vos piéces méritent
le nom de Comédie, celles de Moliere pourront
mériter celui de Tragédie, car le propre de
vos écrits étant de faire pleurer & détaler de
grands ſentimens, ſi cela peut-être ſelon vous
le but de la Comédie, le but contradictoire de
la Tragédie peut donc être de faire rire, ainſi
Moliere ſera le plus grand des Poëtes Tragi-
ques & vous, M., & l'Auteur de Regulus, *
ferez les plus grands Comiques de France : en
un mot ce raiſonnement tout bizare qu'il pa-
raî ſuit directement des principes de ceux

---

* La Tragédie de Re- rallele eſt juſte entre cet-
gulus toute médiocre te piéce & le comique
qu'elle eſt fait verſer des larmoyant de laC.....
larmes au Spectacle, le pa-

qui penſent que vous faites des Comédies ; car
enfin par l'étimologie même le Tragique ne dif-
fere du Comique que par le ſerieux ou le badin
qui fait la différence eſſentielles de l'un àl'autre ,
ainſi ſi ſelon vous,le ſerieux de vos piéces peut-
être regardé comme quelque choſe deComique,
on pourra regarder par la même raiſon , les bons
mots de Moliere comme des ornemens eſſen-
tiels à la Tragédie : voyez , M. , que vos principes ſont plaiſans… J'omets mille raiſons plus
fortes qui prouvent que le titre de Comédie
eſt étranger à vos Ouvrages, mais n'en conclués
pas pour cela que celui de Tragédie pourrait
mieux leur convenir ; ce ſont , ſi vous voulez
des déclamations larmoyantes , ou ſouvent une
ſcéne eſt préciſement introduite pour faire le
pompeux étalage des ſentimens généreux d'un
valet , d'un fat , on d'une ſoubrette , jugez vous
même , M. , ſi ce ſont là des Tragédies , a moins
qu'on ne diſtingue deux ſortes de tragique , du
tragique , ſublime , & c'eſt celui des Cor-
neilles ou les Héros expriment des ſentimens
qui leur ſont naturels , du burleſque , & ce
ſerait le votre, ou ſouvent un de vos perſonnages fait venir ſon valet pour lui dire un beau
vers, * qui par hazard vous eſt venu dans l'imagination ? Je dis , par hazard, car il ne faut pas
vous aveugler ſur votre Poëſie , vous vous élevez quelquefois , les beaux ſentimens que
vous affectés vous fourniſſent ſouvent des idées
nobles , qui vous ſont communes avec tous
ceux qui ſe ſont étudiés avant vous à peindre

* V. 9. C'eſt créer les talens que ſçavoir les placer

des caracteres vertueux ; mais plus vous vous
élevez, plus votre chute eſt riſible, quand,
on vous voit après une déclamation pompeuſe
ſouvent amenée exprès pour tracer des por-
traits étrangers aux titres de vos piéces, termi-
ner un dialogue empoulé par des vers faibles
& proſaiques, comme on en trouve dans votre
Maximien & dans Melanide ; je ne vous en
rappelle aucun, on vous les a déja reprochés
tant de fois que je craindrais de vous ennuyer
par une répétition diſgracieuſe, j'avoue qu'on
pourrait citer quelques-uns de vos vers pour
des modeles, j'ai ſouvent admiré la mort de
Maximien & ceux qui terminent cette piéce,
mais peut-on, M., donner le titre de Poëte à
un Auteur, dont l'imagination ne ſait point
tenir une route certaine, qui toujours inégal
dans ſes penſées, tombe ſouvent où il devrait
s'élever, & s'éleve toujours dans un tems ou la
ſimplicité du ſtile ferait un agrément néceſſaire,
tout Paris, M., vous reconnaît à ſes traits,
ainſi jugez vous vous-méme... On crie tous
les jours que le ſiécle vous aura l'obligation
d'avoir fixées les vertus ſur le Théâtre, ma foi
M., je crois que pour le coup on vous donne,
pour me ſervir des termes vulgaires, de l'encen-
ſoir à travers le viſage, le ſiécle vous a l'obli
gation d'avoir introduit ſur la ſcéne un genre
d'écrire trop bas pour du tragique & trop en-
flé pour du Comique, d'avoir pris une route
différente de tous les anciens pour vous diſtin-
guer à leur dépens ; enfin d'avoir ſubſtitué

l'affecté au naturel qui fait le principal ornement de la Comédie : vous avez, dit-on, fixées les vertus fur le Théâtre ; que l'Académie, **M.**, dont vous êtes membre, que ce corps illuftre qui fit jadis l'admiration des Chapelains & des Perraults, & qui eft engagé d'honneur à vous foutenir, que l'Académie, dis-je, décidé fi cet éloge ridicule eft bien fondé ; je fuis fûr que malgrè l'ignorance fervile des Terraffons, & des Danchets & de quelques autres dont vous êtes confrere, la pluralité des voix décidera qu'on vous raille ou qu'on extravague : car enfin, **M.**, penfez vous vous même, que des vertus habillées en Crifpin ne foient plus propres à faire railler la vertu, qu'à lui faire des Partifans fidéles ; croyez-vous que votre cas de confcience fi joliment décidé par Sainville dans votre noùvelle piéce, faffe beaucoup d'uimpreffion fur les efprits, & qu'un Magiftrat qui s'amfe à faire danfer un Pantin à l'Audience, touché par les principes aufteres de votre morale fe détermine à faire attention aux raifons des Avocats qui lui montrent la juftice, ce feroit vous abufer de le croire. la vertu fait impreffion quand elle fe montre aux yeux dés Spectateurs fous les couleurs qui lui font naturelles, mais les parures étrangeres dont vous l'ornés font plus propres à la faire méconnaître qu'à la faire eftimer ! On admire la richeffe de fes ornemens, on méprife fes préceptes affectés & ridicules, & la féverité de vos fentimeus ne fait pas toujours repandre des pleurs.

Voilà, **M.**, les obligations que vous a le fiécle, auſſi bien qu'à M. de Boiſſy, ne croyez pas que par ces mots je veuille faire un paralle-le odieux entre vous & lui, je ſçais que vos ta-lens ſont au-deſſus des ſiens, que votre genre d'écrire eſt au-deſſous de celui de Moliere : Boiſſy a tous vos défauts, il s'amuſe comme vous à peindre les caracteres héroïques ſur le Théâtre, mais il n'a pas l'art d'intéreſſer les ſpectateurs pour ſes perſonnages, rien de pate-tique, un froid continuel, une monotomie in-ſurportable, ce ſont là les défauts de cet Au-teur, qui ne lui ſont point communs avec vous, vos caracteres frappent intéreſſent pour eux, & vos critiques mêmes ont ſouvent mêlés leur larmes à celles de la Gouvernante : c'eſt ce que jamais Boiſſy n'a pû faire ; je crois cependant, & c'eſt un ſentiment aſſez géneral, que ſa verſification eſt plus exacte, que la votre, & qu'il eſt plus Poëte que vous, ſi le ſeul talent de verſificateur ſuffit pour mériter ce nom, du reſte c'eſt un Auteur qui comme vous a voulu aſſujettir la ſcéne à ſes ca-prices, & qui ſouvent réuſſit plus mal que vous à tracer des caractéres, je dis plus mal que vous, & c'eſt cette digreſſion qui me ramene naturel-lement a votre Gouvernante, dont je me ſuis peut-être un peu trop écarté pour vous expoſer avec ſincerité lesſentimens du Public. Votre fort M. conſiſte dans vos caractéres, c'eſt là où vous réuniſſés tout vos talens, ſoit pour peindre la Phi-loſophie * dans toute ſa ruſticité, ſoit pour don-ner une juſte idée de la ſageſſe, ou de la recon-

* Celle de Sainville.

naiſſance ; c'eſt cependant, M. dans ce fort
même que je veux attaquer votre nouvelle
piéce, je me rendrais odieux ſi j'oſais allé-
guer ſans preuve qu'un homme tel que vous,
qui s'occupe uniquement à donner les vertus
les plus parfaites à ces Héros, eſt tombé dans
le ridicule le plus groſſier dans le portrait qu'il
trace de la fille de ſa Gouvernante : c'eſt cependant M. une vérité conſtante & que vous ne
déſavourés pas vous-même, car non-ſeulement
ce caractére n'eſt pas parfait quant aux ſentimens, mais même il n'a pas ceux que la Nature
inſpire aux créatures les plus groſſieres ; en effet après avoir parlé de la Gouvernante comme d'une fille chere à ſa mere qui l'a nourrie
dans les bras des vertus & de la ſageſſe, & qui
portée du berceau dans un Cloître n'a pû pui-
ſer que des ſentimens conformes à ſon éduca-
tion & à ſa naiſſance, vous apprenés à cette
fille tendre & reſpectueuſe la perte générale de
ſes biens ; l'inconſtance de Sainville, la vanité
de l'eſpoir qu'elle fondoit ſur la Baronne qu'elle regardait comme ſa Tante, vous lui devoi-
lés le miſtere de ſa naiſſance, la fin tragique de
ſon pere, & la mort cruelle d'une mere qui l'a-
vait tendrement aimée, ou du moins vous lui
donnés tellement à entendre quelle ſe la perſua-
de comme réelle, & cette belle ſi tendre bien loin
d'en paroître emûe, ne témoigne pas ſeule
ment par un geſte ordinaire aux Actrices affli-
gées la douleur que lui cauſent des nouvelles ſi
imprévûes & qui ſuffiſaient pour l'accabler, elle apprend tous ſes malheurs ſans payer à la

Nature le tribut qu'elle exige dans de pareils revers, & non-seulement elle n'est pas touchée de la peinture energique que lui fait la Gouvernante, mais même dès que sa présence ne l'a retient plus elle s'amuse à écouter les lettres amoureuses de Sainville, ne pense qu'à la prétendue inconstance quelle lui suppose, & oublie avec lui les leçons vertueuses de sa mere.

En vérité M. y avez vous bien pensé, ne vous souvenez plus qu'on a fait un crime au grand Corneille d'avoir continué l'amour de Chimene au meurtrier de son pere, qu'on lui a reproché même dans les fastes de votre Académie, d'avoir fait de l'amante de Rodrigue un monstre digne des supplices, pour avoir montré trop d'insensibilité pour la mort du Comte quelle devait vanger aux dépens de son amour sur l'amant le plus tendre & le plus digne d'être aimé, car comme vous sçavés, Rodrigue s'était vû dans la cruelle nécessité de combatrte le pere de sa maîtresse pour vanger le sien propre, & son honneur outragé, ainsi son combat devenu nécessaire & légitime ne lui méritait pas l'horreur de Chimene qui quoique fille du Comte connoissoir le tort de son pere & la vertu de Rodrigue. Comparons maintenant votre héroine à celle de Corneille, Chimene malgré son amour, dont les intérêts sont si puissans & si sensibles quand ses feux sont légitimes, temoigne toute la douleur que la mort de son pere doit lui causer, elle en poursuit la vangeance avec toute l'ardeur qu'exigeaient son devoir & la nature, elle vient implorer les bontés d'un Roi dont

le Comte avait été le soutien par sa valeur elle
lui rappelle tous les services que son pere a ren-
dus à la Couronne, elle lui fait la peinture la
plus énergique de son malheur, enfin elle em-
ploye les motifs les plus puissans pour engager
ce Prince à la vanger par la mort de Rodrigue
elle le persécute elle-même, elle arme ses rivaux
contre lui & quoique son amour pour lui con-
tinue le devoir triomphe toujours, & ce n'est
enfin que par les ordres de son Roi qu'elle con-
sent à donner à Rodrigue l'espoir certain quoi
quéloigné d'une union légitime, & qui selon
moi u'est point contraire aux droits de la nature. Voyons maintenant les caractére de votre heroine, ses malheurs sont plus grands &
plus imprévûs que ceux de Chimene, elle n'a
pas de passion légitime qui puisse diminuer
l'impression que la douleur doit faire sur son
esprit elle ne s'occupe point à répandre des
pleurs que la nature exigeait d'une fille bien
née, elle s'informe assés succintement des cir-
constances malheureuses de son histoire. Et loin
de se livrer à la douleur qu'on devait naturel-
lement attendre, elle va dans le moment même
blier près d'un amant les sujets de désespoir qui
devaient l'agiter. vous ne repondrés point que la
constance insensible en apparence est une vertu
le naturel à des droits qui ne sont pas contrai-
res à cette constance, il est beau de souffrir ses
malheurs avec une résignation philosophique,
mais cette résignation n'est point opposée aux
sentimens de la nature ; d'ailleurs, M. aller faire
de nouvelles protestations d'amour à celui que
sa sagesse aurait dû d'ésavouer après le récit de
la Gouvernante, écouter les

foubrette & les lettres galantes d'un Philofophe, font-ce l'à les effets d'une réfignation philofo-phique ? Ne font-ce pas plutôt des écarts de votre efprit que le Public n'aurait pas dû vous paffer, qui non-feulement auraient autorifées la chute de votre piéce, mais même auffi de votre comitragique indéfiniffable. Je finis après une pareille bevûe, car il feroit inutile d'entrer dans un détail ennuyeux de fautes qui ne peuvent fe corriger qu'en changeant une partie de la piéce, parlerais-je en effet du défaut de vraifemblance dans le perfonage de la Gouvernante, du ca-ractére brutal de Sainville, du cas de confience du Préfident, du rôle de valet déplacé, en un mot de tous ces défauts que la repréfentation fait apercevoir dans votre Ouvrage, dirais-je Cenfeur plus pointilleux vous faire un crime du mot barbare *d'inconféquent* qui fe pardonnerait à peine dans Bartole, ou dans Cujas, & qui fait une efpéce d'innovation dans notre Langue ? Badinerais-je le mot de *ma bonne*, mis ridicu-lement dans la bouche de toute autre que d'une agnés ? Critiquerais-je ce vers profaïque.

Allés voir votre bonne.

Pour moi je vais trouver Madame la Baronne;
Vers de la Gouvernante.

Et quelques autres qu'il ferait puerile de re-peter ? Blâmerais-je la reconnaiffance trop fu-bite de la Gouvernante, qui bien différente de celle de Merope * & d'Egifte fait rire tout le monde quand l'autre fait pleurer ? Cenfurerais-je le pompeux galimathias de vers.

Vous n'avez pas de tiers entre mon cœur & moi ?
Vers de la Gouvernante.

* La Mérope Françaife de Voltaire.

Enfin condamnerais-je l'impertinence indo-
cile de la foubrette ; non M. ce ferait abufer
des momens que vous confacrerés peut-être à la
lecture de cette lettre , Il me fuffit de finir mes
remarques critiques par mes réflexions précé-
dentes fur le caractére de l'amante paffionnée
de Sainville , je pourrais encore vous objecter
cette lettre imprévûe dont parle la Gouvernante
quand elle annonce à fa fille quelle vient d'ap-
prendre qu'ne de fes parentes mortes lui à laiffé
un bien affés confidérable pour fon entretien
modefte ; cette Lettre vient d'autant plus mal à
propos , que vous favés que fes fortes de ma-
chines imprévûes choquent ordinairement le
Public & qu'on doit toujours prévenir fes for-
te dévenemens , qui paraiffent ridicules fans
cette précaution fage qui les autorife ; mais comme je crains de vous ennuier , je paffe toutes ces
chofes fous filence. Si l'impreffion de votre
ce fait éclore à mes yeux quelques impe
tion nouvelles , vous pouvés vous affurer
que je vous les communiquerai auec la même
fincerité que celle-ci: vous eftes trop galant homme pour trouver mauvais qu'un jeune Poëte qui
fait fa feule, étude des Beaux Arts , & qui s'in-
tereffe particulierement à leur confervation ,
faffe remarquer à leur foutiens des défauts qui
pourraient contribuer à leur décadence. C'eft-
là M. le feul motif qui m'engage à vous écrire
aujourd'hui, je refpecte vos talens & ceux de
tous les grands hommes, j'ai même fait leur éloges dans quelques ouvrages qui vont paraître.
mais, je vous avoue fincerement que je crains que
votre comique ne prévale fur notre Théâtre,

ce ferait l'epoque de la ruine du bon goût Français, qu'on vante tant qu'on voudra vos vers & vos autres écrits.

On le veut j'y foufcris & fuis pret à me taire. *Boil.au.*

Mais qu'on cite pour modéle vos piéces de Téâtre, quand je ferais sûr d'être univerfellement blâmé jamais je ne dementirais mes fentimens, outre qu'ils font authorifés par le fuffrages de plufieurs beaux efprits, ils font confirmés par le bons fens & peut-être par vous même, car je ne doute pas que vous ne fentiés le ridicule de vos panégiriftes, ne cefsés pas cependant M. de travailler pour le Téâtre . mais confultés un peu moins votre goût tragique, où déterminés vous à fuivre les traces de Crébillon *
& renoncés pour jama.s à la Comédie : c'eft l'avis que vous donne.

MONSIEUR,

   Votre très humble & très-
   obéiffant Serviteur P...

J'apprens M. que votre Comédie eft imprimée, comme ces remarques étaient fous preffe avant que je ne l'appriffe, je ne laiffe pas de les mettre au jour ; le goût du Public qui vous à deja fait changer bien des morceaux dans votre Piéce, pourrait encore par ces remarques vous déterminer à faire quelque changement qui ne manquerait pas de rendre fa réprefentation plus fupportable, ou de cacher une partie de fes défauts.

* On joue encore la Gouvernante
* Crébillon n'a jamais fait de Comédie.

www.ingramcontent.com/pod-product-compliance
Lightning Source LLC
LaVergne TN
LVHW011015180726
843502LV00007B/2559